백석 시 필사 노트

책 속 백석의 시를 옮겨 쓰다

뒤란

필사는 힘이 세다

머리가 기억하는 일이 있는가 하면 손이 기억하는 일이 있습니다. 그런즉 머리와 손이 나란히 기억해 간다면 마음이 훨씬 더 섬세하게 뒤따르리라는 것은 너무도 당연합니다.

근래 뛰어난 산문이나 시를 옮겨 적는 필사가 사람들의 관심을 끌고 있습니다. 무엇보다 필사에는 자세한 읽기로서의 정독이 앞서 존재합니다. 꼼꼼하게 읽고 차분하게 생각하는 것이야말로 읽기의 가장 중요한 과정일 것입니다. 그리고 여기에 덧붙여 한 문장, 한 문장을 옮겨 쓰는 것은 창작에 깃든 비밀을 엿볼 수 있게 해 줍니다. 말을 부려 쓰는 시인의 섬세한 문장을 옮겨 적다보면 어느새 시가 고조곤히 우리네 마음속에 둥지를 트는 것을 경험할 것입니다.

그리고 이 필사 노트에는 단아한 필치가 돋보이는 송찬욱 선생님의 글씨를 시편들마다 수록하였습니다. 정성껏 쓰는 글씨가 어떠한지 엿

볼 수 있을 것입니다.

백석은 우리 근현대사에서 가장 뛰어난 시인 중의 한 사람입니다. 정교한 언어의 구사나 활기찬 상상력, 민족어의 복원, 이야기에 바탕을 둔 민족적 시원의 탐구 등 아주 다채로운 면모를 지닌 시인입니다. 그의 삶은 또 얼마나 애틋한지요.

이에 백석의 시를 생각하며, 백석의 시를 필사하며 새삼 우리 안에 존재하는 시를 발견하길 바랍니다. 시는 무엇보다 상상력의 원천이며, 잘 빚어진 언어의 사원입니다. 백석의 시는 두말할 것도 없지요.

백석의 시 안에서 모두들 샘물처럼 차오르는 시적인 무언가를 되찾길 바랍니다.

2020. 2. 5.

엮은이 김상욱

필사 노트 사용법

• 목차의 페이지 수는 이 책 〈백석의 시를 옮겨 쓰다〉에 수록된 시의 페이지 수입니다.

• 각 부에 제시된 페이지 수는 본 책 〈잠 못 드는 밤 백석의 시를 생각하며〉에 수록된 시의 페이지 수입니다.

• 5부는 백석 시 중 좋아하는 시를 자유롭게 다시 쓰는 페이지입니다.

차 례

1부 :『사슴』

2부 : 『사슴』 이후

3부 : 북방에서

4부 : 북녘에 남아

5부 : 나의 백석

1부

『사슴』

청 시

별 많은 밤
하누바람이 불어서
푸른 감이 떨어진다 개가 짖는다

청시

바다

바닷가에 왔더니
바다와 같이 당신이 생각만 나는구려
바다와 같이 당신을 사랑하고만 싶구려

구붓하고 모래톱을 오르면
당신이 앞선 것만 같구려
당신이 뒤선 것만 같구려

그리고 자중자중 물가를 거닐면
당신이 이야기를 하는 것만 같구려
당신이 이야기를 끊은 것만 같구려

바닷가는
개지꽃에 개지 아니 나오고
고기비늘에 하이얀 햇볕만 쇠리쇠리하야
어쩐지 쓸쓸만 하구려 섧기만 하구려

바다

주막

호박잎에 싸오는 붕어곰은 언제나 맛있었다

부엌에는 빨갛게 질들은 팔모알상이 그 상 위엔 새파란 싸리를 그린 눈알만 한 잔이 뵈였다

아들아이는 범이라고 장고기를 잘 잡는 앞니가 뻐드러진 나와 동갑이었다

울파주 밖에는 장꾼들을 따라와서 엄지의 젖을 빠는 망아지도 있었다

주막

고야

아배는 타관 가서 오지 않고 산비탈 외따른 집에 엄매와 나와 단둘이서 누가 죽이는 듯이 무서운 밤 집 뒤로는 어느 산골짜기에서 소를 잡아먹는 노나리꾼들이 도적놈들같이 쿵쿵거리며 다닌다

날기멍석을 져간다는 닭 보는 할미를 차 굴린다는 땅 아래 고래 같은 기와집에는 언제나 니차떡에 청밀에 은금보화가 그득하다는 외발 가진 조마구 뒷산 어느메도 조마구네 나라가 있어서 오줌 누러 깨는 재밤 머리맡의 문살에 대인 유리창으로 조마구 군병의 새까만 대가리 새까만 눈알이 들여다보는 때 나는 이불 속에 자즈러붙어 숨도 쉬지 못한다

또 이러한 밤 같은 때 시집갈 처녀 막내고모가 고개 너머 큰집으로 치장감을 가지고 와서 엄매와 둘이 소기름에 쌍심지의 불을 밝히고 밤이 들도록 바느질을 하는 밤 같은 때 나는 아랫목의 삿귀를 들고 쇠든 밤을 내어 다람쥐처럼 밝아먹고 은행 여름을 인두불에 구워도 먹고 그러다는 이불 위에서 광대넘이를 뒤이고 또 누워 굴면서 엄매에게 윗목에 두른 평풍의 새빨간 천두의 이야기를 듣기도 하고 고모더러는 밝는 날 멀리는 못 난다는 메추라기를 잡아 달라고 조르기도 하고

내일같이 명절날인 밤은 부엌에 째듯하니 불이 밝고 솥뚜껑이 놀으며 구수한 내음새 곰국이 무르끓고 방안에서는 일가집 할머니가 와서 마을의 소문을 펴며 조개송편에 달송편에 죈두기 송편에 떡을 빚는 곁에서 나는 밤소 팥소 설탕 든 콩가루소를 먹으며 설탕든 콩가루소가 가장 맛있다고 생각한다

나는 얼마나 반죽을 주무르며 흰가루손이 되어 적을 빚고 싶은지 모른다

섣달에 냅일날이 들어서 냅일날 밤에 눈이 오면 이 밤엔 쌔하얀 할미귀신이 눈귀신도 냅일눈을 받노라 못 난다는 말을 든든히 여기며 엄매와 나는 앙궁 위에 떡돌 위에 곱새담 위에 함지를 버치며 대양푼을 놓고 치성이나 드리듯이 정한 마음으로 냅일눈 약눈을 받는다

이 눈세기물을 냅일물이라고 제주병에 진상항아리에 채워두고는 해를 묵여 가며 고뿔이 와도 배앓이를 해도 갑피기를 앓아도 먹을 물이다

고야

정문촌

주홍칠이 낡은 정문이 하나 마을 어귀에 있었다

'효자노적지지정문' — 먼지가 겹겹이 앉은 목각의 액에
나는 열 살이 넘도록 갈 지 자 둘을 웃었다

아카시아꽃의 향기가 가득하니 꿀벌들이 많이 날아드는 아침
귀신은 없고 부엉이가 담벽을 지쫗고 죽었다

기왓골에 배암이 푸르스름히 빛난 달밤이 있었다
아이들은 쪽제비같이 먼 길을 돌았다

정문집 가난이는 열다섯에
늙은 말꾼한테 시집을 갔겄다

정문촌

정주성

산턱 원두막은 비었나 불빛이 외롭다
헝겊 심지에 아주까리 기름의 쪼는 소리가 들리는 듯하다

잠자리 조을든 무너진 성터
반딧불이 난다 파란 혼들 같다
어데서 말 있는 듯이 커다란 산새 한 마리 어두운 골짜기로 난다

헐리다 남은 성문이
하늘빛같이 훤하다
날이 밝으면 또 메기수염의 늙은이가 청배를 팔러 올 것이다

정주성

비

아카시아들이 언제 흰 두레방석을 깔았나
어데서 물쿤 개비린내가 온다

비

산비

산뽕잎에 빗방울이 친다
멧비둘기가 닏다
나무등걸에서 자벌레가 고개를 들었다 멧비둘기 켠을 본다

쓸쓸한 길

거적장사 하나 산뒷옆 비탈을 오른다
아— 따르는 사람도 없이 쓸쓸한 쓸쓸한 길이다
산가마귀만 울며 날고
도적갠가 개 하나 어정어정 따라간다
이스라치전이 드나 머루전이 드나
수리취 땅버들의 하이얀 복이 서러웁다
뚜물같이 흐린 날 동풍이 설렌다

쓸쓸한 길

멧새 소리

처마 끝에 명태를 말린다
명태는 꽁꽁 얼었다
명태는 길다랗고 파리한 물고긴데
꼬리에 길다란 고드름이 달렸다
해는 저물고 날은 다 가고 별은 서러웁게 차갑다
나도 길다랗고 파리한 명태다
문턱에 꽁꽁 얼어서
가슴에 길다란 고드름이 달렸다

멧새 소리

고 방

낡은 질동이에는 갈 줄 모르는 늙은 집난이같이 송기떡이 오래도록 남아 있었다

오지항아리에는 삼촌이 밥보다 좋아하는 찹쌀탁주가 있어서
삼촌의 임내를 내어 가며 나와 사촌은 시금털털한 술을 잘도 채어 먹었다

제삿날이면 귀머거리 할아버지가 예서 왕밤을 밝고 싸리꼬치에 두부산적을 꿰었다

손자아이들이 파리떼같이 모이면 곰의 발 같은 손을 언제나 내어둘렀다

구석의 나무 말쿠지에 할아버지가 삼는 소신 같은 짚신이 둑둑이 걸리어도 있었다

옛말이 사는 컴컴한 고방의 쌀독 뒤에서 나는 저녁 끼때에 부르는 소리를 듣고도 못 들은 척하였다

여우난골족

명절날 나는 엄매 아배 따라 우리집 개는 나를 따라 진할머니 진할아버지가 있는 큰집으로 가면

얼굴에 별자국이 솜솜 난 말수와 같이 눈도 껌벅거리는 하루에 베 한 필을 짠다는 벌 하나 건너 집엔 복숭아나무가 많은 신리 고모 고모의 딸 이녀 작은이녀

열여섯에 사십이 넘은 홀아비의 후처가 된 포족족하니 성이 잘 나는 살빛이 매감탕 같은 입술과 젖꼭지는 더 까만 예수쟁이 마을 가까이 사는 토산 고모 고모의 딸 승녀 아들 승동이

육십리라고 해서 파랗게 보이는 산을 넘어 있다는 해변에서 과부가 된 코끝이 빨간 언제나 흰옷이 정하든 말끝에 섧게 눈물을 짤 때가 많은 큰골 고모 고모의 딸 홍녀 아들 홍동이 작은 홍동이

배나무접을 잘하는 주정을 하면 토방돌을 뽑는 오리치를 잘 놓는 먼 섬에 반디젓 담그러 가기를 좋아하는 삼촌 삼촌엄매 사촌 누이 사촌 동생들

이 그득히들 할머니 할아버지가 있는 안간에들 모여서 방안에서는 새옷의 내음새가 나고

또 인절미 송기떡 콩가루차떡의 내음새도 나고 끼때의 두부와 콩나물과 볶은 잔디와 고사리와 도야지비계는 모두 선득선득하니 찬 것들이라

저녁술을 놓은 아이들은 외양간섶 밭마당에 달린 배나무동산에서 쥐잡이를 하고 숨굴막질을 하고 꼬리잡이를 하고 가마 타고 시집가는 놀음 말 타고 장가가는 놀음을 하고 이렇게 밤이 어둡도록 북적하니 논다

밤이 깊어가는 집안엔 엄매는 엄매들끼리 아랫간에서들 웃고 이야기하고 아이들은 아이들끼리 윗간 한 방을 잡고 조아질하고 쌈방이 굴리고 바리깨돌림하고 호박떼기하고 제비손이구손이하고 이렇게 화대의 사기방등에 심지를 몇 번이나 돋구고 홍게닭이 몇 번이나 울어서 졸음이 오면 아랫목싸움 자리싸움을 하며 히드득거리다 잠이 든다 그래서는 문창에 텅납새의 그림자가 치는 아침 시누이 동서들이 욱적하니 흥성거리는 부엌으론 샛문 틈으로 장지문 틈으로 무이징게국을 끓이는 맛있는 내음새가 올라오도록 잔다

동뇨부

봄철날 한종일내 노곤하니 벌불 장난을 한 날 밤이면 으레이 싸개동당을 지나는데 잘망하니 누워 싸는 오줌이 넓적다리를 흐르는 따끈따끈한 맛 자리에 펑하니 괴이는 척척한 맛

첫여름 이른 저녁을 해치우고 인간들이 모두 터 앞에 나와서 물외 포기에 당콩 포기에 오줌을 주는 때 터 앞에 밭마당에 샛길에 떠도는 오줌의 매캐한 재릿한 내음새

긴긴 겨울밤 인간들이 모두 한잠이 들은 재밤중에 나 혼자 일어나서 머리맡 쥐발 같은 새끼 요강에 한없이 누는 잘 마렵던 오줌의 사르릉 쪼로록 하는 소리

그리고 또 엄매의 말엔 내가 아직 굳은 밥을 모르던 때 살갗 퍼런 막내고모가 잘도 받아 세수를 하였다는 내 오줌빛은 이슬같이 샛말갛기로 샛맑았다는 것이다

동노부

모닥불

새끼오리도 헌신짝도 소똥도 갓신창도 개니빠디도 너울쪽도 짚검불도 가랑잎도 머리카락도 헝겊조각도 막대꼬치도 기왓장도 닭의 깃도 개 터럭도 타는 모닥불

재당도 초시도 문장 늙은이도 더부살이 아이도 새사위도 갓사둔도 나그네도 주인도 할아버지도 손자도 붓장수도 땜쟁이도 큰개도 강아지도 모두 모닥불을 쪼인다

모닥불은 어려서 우리 할아버지가 어미 아비 없는 서러운 아이로 불상하니도 몽둥발이가 된 슬픈 역사가 있다

석양

거리는 장날이다
장날 거리에 영감들이 지나간다
영감들은
말상을 하였다 범상을 하였다 쪽제비상을 하였다
개발코를 하였다 안장코를 하였다 질병코를 하였다
그 코에 모두 학실을 썼다
돌체돋보기다 대모체돋보기다 로이드돋보기다
영감들은 유리창 같은 눈을 번득거리며
투박한 북관말을 저들어대며
쇠리쇠리한 저녁해 속에
사나운 짐승같이들 사라졌다

연자간

달빛도 거지도 도적개도 모두 즐겁다
풍구재로 얼룩소도 쇠드랑볕도 모두 즐겁다

도적괭이 새끼락이 나고
살진 쪽제비 트는 기지개 길고

홰냥닭은 알을 낳고 소리치고
강아지는 겨를 먹고 오줌 싸고

개들은 게모이고 쌈짓거리하고
놓여난 도야지 둥구잡혀 오고

송아지 잘도 놀고
까치 보해 짖고

신영길 말이 울고 가고
장돌림 당나귀도 울고 가고

대들보 위에 베틀도 채일도 토리개도 모두들 편안하니
구석구석 후치도 보습도 쇠스랑도 모두들 편안하니

2부

『사슴』 이후

삼천포

— 남행시초 4

졸레졸레 도야지 새끼들이 간다
귀밑이 재릿재릿하니 볕이 담복 따사로운 거리다

잿더미에 까치 오르고 아이 오르고 아지랑이 오르고

해바라기 하기 좋을 볏곡간 마당에
볏짚같이 누우런 사람들이 둘러서서
어느 눈 오신 날 눈을 치고 생긴 듯한 말다툼 소리도 누우러니

소는 기르매 지고 조은다

아 모두들 따사로이 가난하니

오리 망아지 토끼

오리치를 놓으려 아빠는 논으로 내려간 지 오래다
오리는 동비랄에 그림자를 떨어뜨리며 날아가고 나는 동말랭이에서 강아지처럼 아빠를 부르며 울다가
시악이 나서는 등 뒤 개울물에 아빠의 신짝과 버선목과 대님오리를 모두 던져버린다

장날 아침에 앞 행길로 엄지 따라 지나가는 망아지를 내라고 나는 조르면
아빠는 행길을 향해서 커다란 소리로
— 매지야 오너라
— 매지야 오너라

새하려 가는 아빠의 지게에 지워 나는 산으로 가며 토끼를 잡으리라고 생각한다
맞구멍 난 토끼굴을 아빠와 내가 막아서면 언제나 토끼새끼는 내 다리 아래로 달아났다
나는 서글퍼서 서글퍼서 울상을 한다

오리 망아지 토끼

고 향

나는 북관에 혼자 앓아누워서
어느 아침 의원을 뵈이었다
의원은 여래 같은 상을 하고 관공의 수염을 드리워서
먼 옛적 어느 나라 신선 같은데
새끼손톱 길게 돋은 손을 내어
묵묵하니 한참 맥을 짚더니
문득 물어 고향이 어데냐 한다
평안도 정주라는 곳이라 한즉
그러면 아무개 씨 고향이란다
그러면 아무개 씰 아느냐 한즉
의원은 빙긋이 웃음을 띠고
막역지간이라며 수염을 쓴다
나는 아버지로 섬기는 이라 한즉
의원은 또다시 넌지시 웃고
말없이 팔을 잡아 맥을 보는데
손길은 따스하고 부드러워
고향도 아버지도 아버지의 친구도 다 있었다

통영

옛날엔 통제사가 있었다는 낡은 항구의 처녀들에겐 옛날이 가지 않은 천희라는 이름이 많다

미역오리같이 말라서 굴껍질처럼 말없이 사랑하다 죽는다는

이 천희의 하나를 나는 어느 오랜 객주집의 생선가시가 있는 마루방에서 만났다

저문 유월의 바닷가에선 조개도 울을 저녁 소라방등이 불그레한 마당에 김냄새 나는 비가 나렸다

통영

구마산의 선창에선 좋아하는 사람이 울며 나리는 배에 올라서 오는 물길이 반날
갓 나는 고당은 갓갓기도 하다

바람맛도 짭짤한 물맛도 짭짤한

전복에 해삼에 도미 가재미의 생선이 좋고
파래에 아개미에 호루기의 젓갈이 좋고

새벽녘의 거리엔 쾅쾅 북이 울고
밤새껏 바다에선 뿡뿡 배가 울고

자다가도 일어나 바다로 가고 싶은 곳이다

집집이 아이만 한 피도 안 간 대구를 말리는 곳
황화장사 영감이 일본말을 잘도 하는 곳
처녀들은 모두 어장주한테 시집을 가고 싶어 한다는 곳
산 너머로 가는 길 돌각담에 갸웃하는 처녀는 금이라는 이 같고
내가 들은 마산 객주집의 어린 딸은 난이라는 이 같고

난이라는 이는 명정골에 산다든데
명정골은 산을 넘어 동백나무 푸르른 감로 같은 물이 솟는 명정샘이 있는 마을인데
샘터엔 오구작작 물을 긷는 처녀며 새악시들 가운데 내가 좋아하는 그이가 있을 것만 같고
내가 좋아하는 그이는 푸른 가지 붉게붉게 동백꽃 피는 철엔 타관 시집을 갈 것만 같은데

긴 토시 끼고 큰머리 얹고 오불고불 넘엣거리로 가는 여인은 평안도서 오신 듯한데 동백꽃 피는 철이 그 언제요

옛 장수 모신 낡은 사당의 돌층계에 주저앉아서 나는 이 저녁 울 듯 울 듯 한산도 바다에 뱃사공이 되어가며

녕 낮은 집 담 낮은 집 마당만 높은 집에서 열나흘 달을 업고 손방아만 찧는 내 사람을 생각한다

통영

— 남행시초 2

통영장 낫대들었다

갓 한 닢 쓰고 건시 한 접 사고 홍공단 댕기 한 감 끊고 술 한 ㅂ
받아 들고

화륜선 만져보려 선창 갔다

오다 가수내 들어가는 주막 앞에
문둥이 품바타령 듣다가

열이레 달이 올라서
나룻배 타고 판데목 지나간다 간다

창원도

— 남행시초 1

솔포기에 숨었다
토끼나 꿩을 놀래주고 싶은 산허리의 길은

엎데서 따스하니 손 녹이고 싶은 길이다

개 데리고 호이호이 휘파람 불며
시름 놓고 가고 싶은 길이다

괴나리봇짐 벗고 땃불 놓고 앉어
담배 한 대 피우고 싶은 길이다

승냥이 줄레줄레 달고 가며
덕신덕신 이야기하고 싶은 길이다

더꺼머리총각은 정든 님 업고 오고 싶을 길이다

북관

— 함주시초

명태 창난젓에 고추무거리에 막칼질한 무를 비벼 익힌 것을
이 투박한 북관을 한없이 끼밀고 있노라면
쓸쓸하니 무릎은 꿇어진다

시큼한 배척한 퀴퀴한 이 내음새 속에
나는 가느슥히 여진의 살내음새를 맡는다

얼근한 비릿한 구릿한 이 맛 속에선
까마득히 신라 백성의 향수도 맛본다

북신
— 서행시초 2

거리에는 모밀내가 났다
부처를 위하는 정갈한 노친네의 내음새 같은 모밀내가 났다

어쩐지 향산 부처님이 가까웁다는 거린데
국수집에서는 농짝 같은 도야지를 잡아 걸고 국수에 치는 도야지고기는 돗바늘 같은 털이 드문드문 백였다
나는 이 털도 안 뽑은 도야지고기를 물끄러미 바라보며
또 털도 안 뽑은 고기를 시꺼먼 맨모밀국수에 얹어서 한입에 꿀꺽 삼키는 사람들을 바라보며

나는 문득 가슴에 뜨끈한 것을 느끼며
소수림왕을 생각한다 광개토대왕을 생각한다

여 승

여승은 합장하고 절을 했다
가지취의 내음새가 났다
쓸쓸한 낯이 옛날같이 늙었다
나는 불경처럼 서러워졌다

평안도의 어느 산 깊은 금점판
나는 파리한 여인에게서 옥수수를 샀다
여인은 나어린 딸아이를 때리며 가을밤같이 차게 울었다

섶벌같이 나아간 지아비 기다려 십 년이 갔다
지아비는 돌아오지 않고
어린 딸은 도라지꽃이 좋아 돌무덤으로 갔다

산꿩도 섧게 울은 슬픈 날이 있었다
산절의 마당귀에 여인의 머리오리가 눈물방울과 같이 떨어진 날이 있었다

팔원

— 서행시초 3

차디찬 아침인데
묘향산행 승합자동차는 텅하니 비어서
나이 어린 계집아이 하나가 오른다
옛말속같이 진진초록 새 저고리를 입고
손잔등이 밭고랑처럼 몹시도 터졌다
계집아이는 자성으로 간다고 하는데
자성은 여기서 삼백오십리 묘향산 백오십리
묘향산 어디메서 삼촌이 산다고 한다
새하얗게 얼은 자동차 유리창 밖에
내지인 주재소장 같은 어른과 어린아이 둘이 내임을 낸다
계집아이는 운다 느끼며 운다
텅 비인 차 안 한구석에서 어느 한 사람도 눈을 씻는다
계집아이는 몇 해고 내지인 주재소장 집에서
밥을 짓고 걸레를 치고 아이보개를 하면서
이렇게 추운 아침에도 손이 꽁꽁 얼어서
찬물에 걸레를 쳤을 것이다

수라

거미새끼 하나 방바닥에 나린 것을 나는 아무 생각 없이 문밖으로 쓸어버린다
차디찬 밤이다

어니젠가 새끼거미 쓸려나간 곳에 큰 거미가 왔다
나는 가슴이 짜릿한다
나는 또 큰 거미를 쓸어 문밖으로 버리며
찬 밖이라도 새끼 있는 데로 가라고 하며 서러워한다

이렇게 해서 아린 가슴이 삭기도 전이다
어데서 좁쌀알만 한 알에서 갓 깨인 듯한 발이 채 서지도 못한 무척 작은 새끼거미가 이번엔 큰 거미 없어진 곳으로 와서 아물거린다
나는 가슴이 메이는 듯하다
내 손에 오르기라도 하라고 나는 손을 내어미나 분명히 울고불고할 이 작은 것은 나를 무서우이 달아나버리며 나를 서럽게 한다
나는 이 작은 것을 고이 보드라운 종이에 받아 또 문밖으로 버리며
이것의 엄마와 누나나 형이 가까이 이것의 걱정을 하며 있다가 쉬이 만나기나 했으면 좋으련만 하고 슬퍼한다

나와 나타샤와 흰 당나귀

가난한 내가
아름다운 나타샤를 사랑해서
오늘밤은 푹푹 눈이 나린다

나타샤를 사랑은 하고
눈은 푹푹 날리고
나는 혼자 쓸쓸히 앉아 소주를 마신다
소주를 마시며 생각한다
나타샤와 나는
눈이 푹푹 쌓이는 밤 흰 당나귀 타고
산골로 가자 출출이 우는 깊은 산골로 가 마가리에 살자

눈은 푹푹 나리고
나는 나타샤를 생각하고
나타샤가 아니 올 리 없다
언제 벌써 내 속에 고조곤히 와 이야기한다
산골로 가는 것은 세상한테 지는 것이 아니다
세상 같은 건 더러워 버리는 것이다

눈은 푹푹 나리고
아름다운 나타샤는 나를 사랑하고
어데서 흰 당나귀도 오늘밤이 좋아서 응앙응앙 울을 것이다

나와 나타샤와 흰 당나귀

선우사

낡은 나조반에 흰밥도 가재미도 나도 나와 앉아서
쓸쓸한 저녁을 맞는다

흰밥과 가재미와 나는
우리들은 그 무슨 이야기라도 다 할 것 같다
우리들은 서로 미덥고 정답고 그리고 서로 좋구나

우리들은 맑은 물밑 해정한 모래톱에서 하루 긴 날을 모래알만 헤이며 잔뼈가 굵은 탓이다
바람 좋은 한 벌판에서 물닭이 소리를 들으며 단이슬 먹고 나이 들은 탓이다
외따른 산골에서 소리개 소리 배우며 다람쥐 동무하고 자라난 탓이다

우리들은 모두 욕심이 없어 희여졌다
착하디 착해서 세괏은 가시 하나 손아귀 하나 없다
너무나 정갈해서 이렇게 파리했다

우리들은 가난해도 서럽지 않다
우리들은 외로워할 까닭도 없다
그리고 누구 하나 부럽지도 않다

흰밥과 가재미와 나는
우리들이 같이 있으면
세상 같은 건 밖에 나도 좋을 것 같다

목구

오대나 내린다는 크나큰 집 다 찌그러진 들지고방 어득시근한 구석에서 쌀독과 말쿠지와 숫돌과 신뚝과 그리고 옛적과 또 열두 제석님과 친하니 살으면서

한 해에 몇 번 매연 지난 먼 조상들의 최방등 제사에는 컴컴한 고방 구석을 나와서 대멀머리에 오얏망건을 지르러 맨 늙은 제관의 손에 정갈히 몸을 씻고 교의 위에 모신 신주 앞에 환한 촛불 밑에 피나무 소담한 제상 위에 떡 보탕 식혜 산적 나물지짐 반봉 과일들을 공손하니 받들고 먼 후손들의 공경스러운 절과 잔을 굽어보고 또 애끊는 통곡과 축을 귀애하고 그리고 합문 뒤에는 흠향 오는 귀신들과 호호히 접하는 것

귀신과 사람과 넋과 목숨과 있는 것과 없는 것과 한 줌 흙과 한 점 살과 먼 옛조상과 먼 훗자손의 거룩한 아득한 슬픔을 담는 것

내 손자의 손자와 손자와 나와 할아버지와 할아버지의 할아버지와 할아버지의 할아버지의 할아버지와…… 수원 백씨 정주 백촌의 힘세고 꿋꿋하나 어질고 정 많은 호랑이 같은 곰 같은 소 같은 피의 비 같은 밤 같은 달 같은 슬픔을 담는 것 아 슬픔을 담는 것

넘언집 범 같은 노큰마니

황토 마루 수무낡에 얼럭궁덜럭궁 색동 헝겊 뜯개조박 베짜배기 걸리고 오쟁이 끼애리 달리고 소 삼은 엄신 같은 짚세기도 열린 국수당 고개를 몇 번이고 튀튀 춤을 뱉고 넘어가면 골안에 아늑히 묵은 영동이 무겁기도 할 집이 한 채 안기었는데

집에는 언제나 센개 같은 게사니가 벅작궁 고아내고 말 같은 개들이 떠들썩 짖어대고 그리고 소거름 내음새 구수한 속에 엇송아지 히물쩍 너들씨는데

집에는 아배에 삼촌에 오마니에 오마니가 있어서 젖먹이를 마을 청능 그늘 밑에 삿갓을 씌워 한종일 내 뉘어주고 김을 매러 다녔고 아이들은 큰마누래에 작은마누래에 제구실을 할 때면 종아지물본도 모르고 행길에 아이 송장이 거적뙈기에 말려나가면 속으로 얼마나 부러워하였고 그리고 끼때에는 부뚜막에 바가지를 아이들 수대로 주룬히 늘어놓고 밥 한 덩이 질게 한술 떨어트려서는 먹였다는 소리를 언제나 두고두고 하는데

일가들이 모두 범같이 무서워하는 이 노큰마니는 구덕살이같이 욱실욱실하는 손자 증손자를 방구석에 들메나무 회초리를 단으로 쪄다 두고 때리고 싸리갱이에 갓진창을 매어 놓고 때리는데

내가 엄매 등에 업혀가서 상사말같이 항약에 야기를 쓰면 한창 피는 함박꽃을 밑가지채 꺾어 주고 종대에 달린 제물배도 가지채 쪄주고 그리고 그 애끼는 게사니알도 두 손에 쥐어주곤 하는데

우리 엄매가 나를 가지는 재 이 노큰마니는 어느 밤 크나큰 범이 한 마리 우리 선산으로 들어오는 꿈을 꾼 것을 우리 엄매가 서울서 시집을 온 것을 그리고 무엇보다도 내가 이 노큰마니의 당조카의 맏손자로 난 것을 대견하니 알뜰하니 기꺼히 여기는 것이었다

3부

북방에서

수박씨 호박씨

어진 사람이 많은 나라에 와서
어진 사람의 짓을 어진 사람의 마음을 배워서
수박씨 닦은 것을 호박씨 닦은 것을 입으로 앞니빨로 밝는다

수박씨 호박씨를 입에 넣는 마음은
참으로 철없고 어리석고 게으른 마음이나
이것은 또 참으로 밝고 그윽하고 깊고 무거운 마음이라
이 마음 안에 아득하니 오랜 세월이 아득하니 오랜 지혜가 또 아득하니 오랜 인정이 깃들인 것이다
태산의 구름도 황하의 물도 옛님군의 땅과 나무의 덕도 이 마음 안에 아득하니 뵈이는 것이다

이 적고 가부엽고 갤족한 희고 까만 씨가
조용하니 또 도고하니 손에서 입으로 입에서 손으로 오르나리는 재
벌에 우는 새소리도 듣고 싶고 거문고도 한 곡조 뜯고 싶고 한 오천 말 남기고 함곡관도 넘어가고 싶고
기쁨이 마음에 뜨는 재는 희고 까만 씨를 앞니로 까서 잔나비가 되고
근심이 마음에 앉는 재는 씨를 혀 끝에 물어 까막까치가 되고

어진 사람이 많은 나라에서는
오두미를 버리고 버드나무 아래로 돌아온 사람도
그 옆차개에 수박씨 닦은 것은 호박씨 닦은 것은 있었을 것이다
나물 먹고 물 마시고 팔베개하고 누웠던 사람도
그 머리맡에 수박씨 닦은 것은 호박씨 닦은 것은 있었을 것이다

국수

눈이 많이 와서
산엣새가 벌로 내려 메기고
눈구덩이에 토끼가 더러 빠지기도 하면
마을에는 그 무슨 반가운 것이 오는가 보다
한가한 애동들은 어둡도록 꿩 사냥을 하고
가난한 엄매는 밤중에 김치가재미로 가고
마을을 구수한 즐거움에 싸서 은근하니 흥성흥성 들뜨게 하며
이것은 오는 것이다
이것은 어느 양지귀 혹은 응달쪽 외따른 산옆 은댕이 예데가리밭에서
하룻밤 뽀오얀 흰 김 속에 접시귀 소기름불이 뿌우연 부엌에
산멍에 같은 분들을 타고 오는 것이다
이것은 아득한 옛날 한가하고 즐겁던 세월로부터
실 같은 봄비 속을 타는 듯한 여름볕 속을 지나서 들쿠레한 구시월 갈바람 속을 지나서
대대로 나며 죽으며 죽으며 나며 하는 이 마을 사람들의 의젓한 마음을 지나서 텁텁한 꿈을 지나서
지붕에 마당에 우물둔덩에 함박눈이 푹푹 쌓이는 여느 하룻밤
아배 앞에 그 어린 아들 앞에 아배 앞에는 왕사발에 아들 앞에는 새끼사발에 그득히 사리워 오는 것이다
이것은 그 곰의 잔등에 업혀서 길러났다는 먼 옛적 큰마니가
또 그 짚등색이에 서서 자채기를 하면 산 넘엣 마을까지 들렸다는
먼 옛적 큰아버지가 오는 것같이 오는 것이다

아, 이 반가운 것은 무엇인가
이 희스무레하고 부드럽고 수수하고 슴슴한 것은 무엇인가

겨울밤 쩡하니 익은 동치미국을 좋아하고 얼얼한 댕추가루를 좋아하고 싱싱한 산꿩의 고기를 좋아하고

그리고 담배 내음새 탄수 내음새 또 수육을 삶는 육수국 내음새 자욱한 더북한 삿방 쩔쩔 끓는 아르궅을 좋아하는 이것은 무엇인가

이 조용한 마을과 이 의젓한 사람들과 살뜰하니 친한 것은 무엇인가

이 그지없이 고담하고 소박한 것은 무엇인가

국수

누는

북방에서

— 정현웅에게

아득한 옛날에 나는 떠났다
부여를 숙신을 발해를 여진을 요를 금을
흥안령을 음산을 아무우르를 숭가리를
범과 사슴과 너구리를 배반하고
송어와 메기와 개구리를 속이고 나는 떠났다

나는 그때
자작나무와 이깔나무의 슬퍼하던 것을 기억한다
갈대와 장풍의 붙들던 말도 잊지 않았다
오로촌이 멧돝을 잡아 나를 잔치해 보내던 것도
쏠론이 십리 길을 따라나와 울던 것도 잊지 않았다

나는 그때
아무 이기지 못할 슬픔도 시름도 없이
다만 게을리 먼 앞대로 떠나 나왔다
그리하여 따사한 햇귀에서 하이얀 옷을 입고 매끄러운 밥을 먹고 단샘을 마시고 낮잠을 잤다
밤에는 먼 개소리에 놀라나고
아침에는 지나가는 사람마다에게 절을 하면서도
나는 나의 부끄러움을 알지 못했다

그동안 돌비는 깨어지고 많은 은금보화는 땅에 묻히고 까마귀도 긴 족보를 이루었는데
이리하여 또 한 아득한 새 옛날이 비롯하는 때
이제는 참으로 이기지 못할 슬픔과 시름에 쫓겨
나는 나의 옛 하늘로 땅으로 — 나의 태반으로 돌아왔으나

이미 해는 늙고 달은 파리하고 바람은 미치고 보래구름만 혼자 넋 없이 떠도는데

아, 나의 조상은 형제는 일가친척은 정다운 이웃은 그리운 것은 사랑하는 것은 우러르는 것은 나의 자랑은 나의 힘은 없다 바람과 물과 세월과 같이 지나가고 없다

북방에서

흰 바람벽이 있어

오늘 저녁 이 좁다란 방의 흰 바람벽에
어쩐지 쓸쓸한 것만이 오고 간다
이 흰 바람벽에
희미한 십오촉 전등이 지치운 불빛을 내어던지고
때글은 다 낡은 무명샤쯔가 어두운 그림자를 쉬이고
그리고 또 달디단 따끈한 감주나 한 잔 먹고 싶다고 생각하는
내 가지가지 외로운 생각이 헤매인다
그런데 이것은 또 어인 일인가
이 흰 바람벽에
내 가난한 늙은 어머니가 있다
내 가난한 늙은 어머니가
이렇게 시퍼러둥둥하니 추운 날인데 차디찬 물에 손은 담그고
무이며 배추를 씻고 있다
또 내 사랑하는 사람이 있다
내 사랑하는 어여쁜 사람이
어느 먼 앞대 조용한 개포가의 나즈막한 집에서
그의 지아비와 마주 앉아 대구국을 끓여놓고 저녁을 먹는다
벌써 어린것도 생겨서 옆에 끼고 저녁을 먹는다
그런데 또 이즈막하여 어느 사이엔가
이 흰 바람벽엔
내 쓸쓸한 얼굴을 쳐다보며
이러한 글자들이 지나간다
— 나는 이 세상에서 가난하고 외롭고 높고 쓸쓸하니 살아가도록
태어났다
그리고 이 세상을 살아가는데
내 가슴은 너무도 많이 뜨거운 것으로 호젓한 것으로 사랑으로
슬픔으로 가득 찬다

그리고 이번에는 나를 위로하는 듯이 나를 울력하는 듯이
눈짓을 하며 주먹질을 하며 이런 글자들이 지나간다

— 하늘이 이 세상을 내일 적에 그가 가장 귀해하고 사랑하는 것들은 모두

가난하고 외롭고 높고 쓸쓸하니 그리고 언제나 넘치는 사랑과 슬픔 속에 살도록 만드신 것이다

초생달과 바구지꽃과 짝새와 당나귀가 그러하듯이

그리고 또 '프랑시쓰 잠'과 도연명과 '라이넬 마리아 릴케'가 그러하듯이

『호박꽃 초롱』 서시

하늘은
울파주 가에 우는 병아리를 사랑한다
우물돌 아래 우는 돌우래를 사랑한다
그리고 또
버드나무 밑 당나귀 소리를 임내내는 시인을 사랑한다

하늘은
풀 그늘 밑에 삿갓 쓰고 사는 버섯을 사랑한다
모래 속에 문 잠그고 사는 조개를 사랑한다
그리고 또
두툼한 초가지붕 밑에 호박꽃 초롱 켜고 사는 시인을 사랑한다

하늘은
공중에 떠도는 흰 구름을 사랑한다
골짜구니로 숨어 흐르는 개울물을 사랑한다
그리고 또
아늑하고 고요한 시골 거리에서 쟁글쟁글 햇볕만 바라는 시인을 사랑한다

하늘은
이러한 시인이 우리들 속에 있는 것을 더욱 사랑하는데
이러한 시인이 누구인 것을 세상은 몰라도 좋으나
그러나
그 이름이 강소천인 것을 송아지와 꿀벌은 알을 것이다

남신의주 유동 박시봉방

어느 사이에 나는 아내도 없고, 또,
아내와 같이 살던 집도 없어지고,
그리고 살뜰한 부모며 동생들과도 멀리 떨어져서,
그 어느 바람 세인 쓸쓸한 거리 끝에 헤매이었다.
바로 날도 저물어서,
바람은 더욱 세게 불고, 추위는 점점 더해 오는데,
나는 어느 목수네 집 헌 샅을 깐,
한 방에 들어서 쥔을 붙이었다.
이리하여 나는 이 습내 나는 춥고, 누긋한 방에서,
낮이나 밤이나 나는 나 혼자도 너무 많은 것 같이 생각하며,
딜옹배기에 북덕불이라도 담겨 오면,
이것을 안고 손을 쬐며 재 위에 뜻 없이 글자를 쓰기도 하며,
또 문밖에 나가지두 않고 자리에 누워서,
머리에 손깍지벼개를 하고 굴기도 하면서,
나는 내 슬픔이며 어리석음이며를 소처럼 연하여 새김질하는 것이었다.
내 가슴이 꽉 메어 올 적이며,
내 눈에 뜨거운 것이 핑 괴일 적이며,
또 내 스스로 화끈 낯이 붉도록 부끄러울 적이며,
나는 내 슬픔과 어리석음에 눌리어 죽을 수밖에 없는 것을 느끼는 것이었다.
그러나 잠시 뒤에 나는 고개를 들어,
허연 문창을 바라보든가 또 눈을 떠서 높은 천장을 쳐다보는 것인데,
이제 나는 내 뜻이며 힘으로, 나를 이끌어 가는 것이 힘든 일인 것을 생각하고,

이것들보다 더 크고, 높은 것이 있어서, 나를 마음대로 굴려가는 것을 생각하는 것인데,

이렇게 하여 여러 날이 지나는 동안에,

내 어지러운 마음에는 슬픔이며, 한탄이며, 가라앉을 것은 차츰 앙금이 되어 가라앉고,

외로운 생각만이 드는 때쯤 해서는,

더러 나줏손에 쌀랑쌀랑 싸락눈이 와서 문창을 치기도 하는 때도 있는데,

나는 이런 저녁에는 화로를 더욱 다가 끼며, 무릎을 꿇어 보며,

어니 먼 산 뒷옆에 바위섶에 따로 외로이 서서,

어두워 오는데 하이야니 눈을 맞을, 그 마른 잎새에는,

쌀랑쌀랑 소리도 나며 눈을 맞을,

그 드물다는 굳고 정한 갈매나무라는 나무를 생각하는 것이었다.

남신의주 유동 박시봉방

2п

4부

북녘에 남아

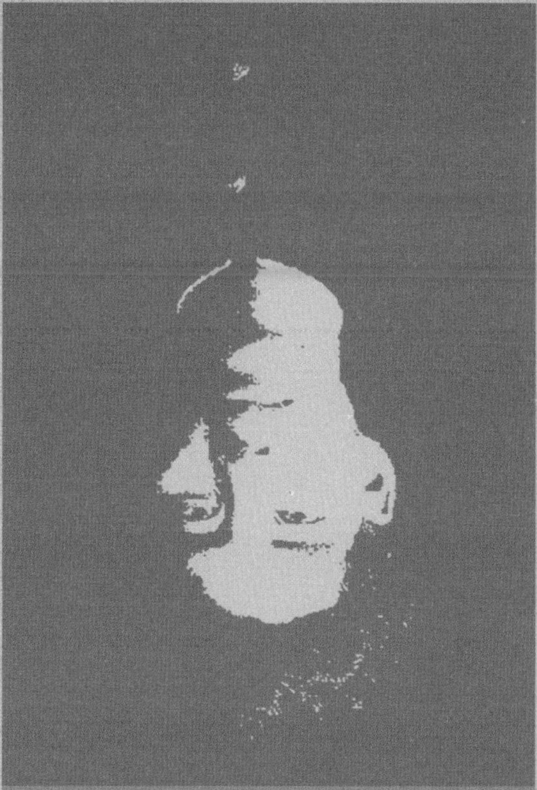

까치와 물까치(부분)

까치는 긴 꼬리 달싹거리며
깍깍 깍깍깍 하는 말이
"내 꼬리는 새까만 비단 댕기"

물까치는 긴 부리 들먹거리며
삐삐 삐리리 하는 말이
"내 부리는 붉은 산호 동곳"

깍깍 깍깍깍 까치 말이
"내 집은 높다란 들메나무
맨맨 꼭대기에 지었단다"

삐삐 삐리리 물까치 말이
"내 집은 바다 위 머나먼 섬
낭떠러지 끝에 지었단다"

까치와 물까치

개구리네 한솥밥(부분)

옛날 어느 곳에
개구리 하나 살았네.
가난하나 마음 착한
개구리 하나 살았네.

하루는 이 개구리
쌀 한 말을 얻어 오려
벌 건너 형을 찾아
길을 나섰네.

개구리 겁저겁적
길을 가노라니
길가 봇도랑에
우는 소리 들렸네.

개구리 낭큼 뛰어
도랑으로 가 보니
소시랑게 한 마리
엉엉 우네.

소시랑게 우는 것이
가엾기로 가엾어
개구리는 뿌구국
물어보았네 —
(소시랑게야 너 왜 우니?)

소시랑게 울다 말고
대답하였네 —
(발을 다쳐 아파서 운다.)

개구리는 바쁜 길
잊어버리고
소시랑게 다친 발
고쳐주었네.

멧돼지

곤히 잠든 나를
깨우지 마라.

하루 온 종일
산비탈 감자밭을
다 쑤셔 놓았다.

소 없는 어느 집에서
보습 없는 어느 집에서
나를 데려다가
밭을 갈지나 않나!

산양

싸울 테면 싸워보자
벼랑으로만 오너라.

벼랑으로 오면
받아넘길 테니
까마득한 벼랑 밑으로
차 굴릴 테니.

싸울 테면 오너라
범이라도 곰이라도
다 오너라.
아슬아슬한 벼랑 가에
언제나 내가 오똑 서 있을 테니

마을은 맨천 귀신이 돼서

나는 이 마을에 태어나기가 잘못이다
마을은 맨천 귀신이 돼서
나는 무서워 오력을 펼 수 없다
자 방안에는 성주님
나는 성주님이 무서워 토방으로 나오면 토방에는 자운귀신
나는 무서워 부엌으로 들어가면 부엌에는 부뚜막에 조왕님

나는 뛰쳐나와 얼른 고방으로 숨어 버리면 고방에는 또 시렁에 제석님
나는 이번에는 굴통 모퉁이로 달아나는데 굴통에는 굴대장군
얼혼이 나서 뒤울안으로 가면 뒤울안에는 곱새녕 아래 철융귀신
나는 이제 할 수 없이 대문을 열고 나가려는데 대문간에는 근력 세인 수문장

나는 겨우 대문을 빠져나 바깥으로 나와서
밭 마당귀 연자간 앞을 지나가는데 연자간에는 또 연자당귀신
나는 고만 기겁을 하여 큰 행길로 나서서 마음 놓고 화리서리 걸어가다 보니
아아 말 마라 내 발뒤축에는 오나가나 묻어 다니는 달걀귀신
마을은 온 데 간 데 귀신이 돼서 나는 아무 데도 갈 수 없다

마을은 맨천 귀신이 돼서

5부

나의 백석

엮은이 김상욱

부산 출생. 서울대학교 사범대학 국어교육과 및 동대학원 졸업. 시와 소설, 아동문학, 문학교육에 관해 공부하고 있다. 쓴 책으로는 『시의 길을 여는 새벽별 하나』, 『시의 숲에서 세상을 읽다』, 『빛깔이 있는 현대시 교실』, 『국어교과서 시에 눈뜨다』, 『다시 쓰는 문학 에세이』 등이 있다.

손글씨 송찬욱

춘천 성수고 교사. 겨울과 여름뿐인 소도시에서, 그리운 사람에게 건네고 싶은 책 면지에 좋아하는 시와 편지 몇 줄 가끔 적어 보내며 하루하루 살아가고 있다.

백석 시 필사 노트

책 속 백석의 시를 옮겨 쓰다

1판 1쇄 인쇄 2020년 2월 10일 | 1판 1쇄 발행 2020년 2월 16일

지은이 백석 | 엮은이 김상욱 | 손글씨 송찬욱
펴낸이 김두엄 | 펴낸곳 뒤란 | 출판등록 2019-000092
주소 서울시 영등포구 선유로49길 23 IS비즈타워2차 1503호 | 대표전화 070-4129-4505
이메일 childlit04@gmail.com | 블로그 sangsanghim.tistory.com
편집 이현정 | 디자인 수:Book | 인쇄 갑우문화사
ISBN 979-11-969251-1-6, 979-11-969251-2-3(세트)

이 도서의 국립중앙도서관 출판시도서목록(CIP)은 서지정보유통지원시스템 홈페이지(http://seoji.nl.go.kr)와 국가자료공동목록시스템(http://www.nl.go.kr/kolisnet)에서 이용하실 수 있습니다.(CIP제어번호: CIP2020001251)